Estas manos: Manitas de mi familia

These Hands: My Family's Hands

By / Por
Samuel Caraballo

Illustrations by / Ilustraciones de
Shawn Costello

Piñata Books
Arte Público Press
Houston, Texas

Publication of *Estas manos: ¡Manitas de mi familia! / These Hands: Hands of My Family* is funded by a grant from the City of Houston through the Houston Arts Alliance. We are grateful for their support.

Piñata Books are full of surprises!

Piñata Books
An Imprint of Arte Público Press
University of Houston
4902 Gulf Fwy, Bldg 19, Rm 100
Houston, Texas 77204-2004

Cover design by Bryan Dechter

Caraballo, Samuel
    Estas Manos : Manitas de mi familia / por Samuel Caraballo ; ilustraciones de Shawn Costello = These Hands : My Family's Hands / by Samuel Caraballo ; illustrations by Shawn Costello.
        p. cm.
    Summary: "In this ode to family, the young narrator compares the hands of family members to plants in the natural world. She promises to give back all the love they have always given her"—Provided by publisher.
    ISBN 978-1-55885-795-7 (alk. paper)
    [1. Families—Fiction. 2. Love—fiction. 3. Hand—Fiction. 4. Hispanic Americans—Fiction. 5. Spanish language materials—Bilingual.] I. Costello, Shawn, illustrator. II. Title. III. Title: These hands.
    PZ73.C3617 2014
    [E]—dc23
                                                                      2014009651
                                                                      CIP

♾ The paper used in this publication meets the requirements of the American National Standard for Permanence of Paper for Printed Library Materials Z39.48-1984.

Printed in China in May 2014–August 2014 by Creative Printing USA Inc.
12 11 10 9 8 7 6 5 4 3 2 1

Para mi familia, por ser mi fuerza, por estar conmigo siempre
en mis días de tristeza y en mis días alegres.
—SC

Le dedico mis ilustraciones a mi hijo Drew Costello.
Y agradezco a los modelos: Natalie Davis y familia, Vivian y la familia Contreras, Michael Caldwell, Chris Winters, Ellen Miller, Rashmi Bhanot, Marcos y Roxy Romero, Cinnamon Curtis, Peggy Moll y Stephanie Hastings.
—SC

To my family, for being my strength, for being with me always
in my days of sadness and happiness.
—SC

My illustrations are dedicated to my son Drew Costello.
I would like to thank the models: Natalie Davis and her family, Vivian and the Contreras family, Michael Caldwell, Chris Winters, Ellen Miller, Rashmi Bhanot, Marcos and Roxy Romero, Cinnamon Curtis, Peggy Moll and Stephanie Hastings.
—SC

Tus manitas, ¡las más tiernas!
Cuando tengo miedo, ellas me consuelan.
Cuando tengo hambre, siempre me alimentan.
Cuando tengo sed, me sirven el agua más fresca.
Abrigo me dan cuando tiemblo de frío.
¡Mamá, tus manitas son como pétalos de rosas!

Your hands, the most tender!
When I'm scared, they soothe me.
When I'm hungry, they always feed me.
When I'm thirsty, they give me the most refreshing water.
They give me warmth when I shiver with cold.
Mom, your hands are like rose petals!

Tus manitas, ¡las más fuertes!

Siempre que me caigo, me levantan.

En mis paseos, nunca dejan que me pierda y me mantienen lejos del peligro.

¡Papá, tus manitas son como árboles de caoba!

Your hands, the strongest!

Every time I fall, they lift me up.

In my wanderings, they never let me stray and they keep me away from danger.

Dad, your hands are as strong as mahogany trees!

Sus manitas, ¡las mejores amiguitas!

Cuando jugamos y pierdo, sus palmaditas en la espalda me hacen sentir ganadora.

Con montones de aplausitos me enseñan a no darme por vencida.

¡Hermanito José, hermanita María, sus manitas son como robles florecidos!

Your hands, the friendliest!

Whenever we play and I lose, your gentle pats on my back make me feel like a winner.

With big rounds of applause, they teach me to never give up.

Brother José, sister María, your hands are like blooming oak trees!

Tus manitas, ¡las más alegres!

Si me siento sola o triste, me sacan siempre a bailar.

Entre cosquillitas y abrazos, me enseñan el secreto para hacer el postre más rico, y siempre convierten mi día en una fiesta de risas.

¡Abuelita Inés, tus manitas son como mágicos lirios!

Your hands, the happiest!

If I feel lonely or sad, they always get me to dance.

Between hugs and tickles, they teach me the secret to making the yummiest dessert, and they always turn my day into a party of laughter.

Grandma Inés, your hands are like magical lilies!

Tus manitas, ¡las más sabias!

Las que en el huerto me enseñan lo importante de sembrar y cuidar la tierra, y me enseñan el truquito para arrancarle el más suave *ron pon pon* a mi conga.

Manitas que me inspiran a subir al cielo a tocar la más linda estrella.

¡Abuelito Juan, tus manitas son como majestuosas ceibas!

Your hands, the wisest!

The ones that teach me the meaning of planting and caring for the earth, and show me the trick to playing the softest *rum pum pum* on my conga drum.

Your hands encourage me to fly up to the sky and touch the most beautiful star.

Grandpa Juan, your hands are like majestic ceiba trees!

¡Oh, qué tiernas!
¡Qué fuertes!
¡Qué buenas amiguitas!
¡Qué alegres!
¡Oh sí, qué sabias son tus manitas, mi familia!

Oh, how tender!
How strong!
How friendly!
How happy!
Oh yes, how wise your hands are, my family!

Prometo que un día, cuando sea ya una mujer, mis manos les han de devolver ese cariño tan grande que de ustedes siempre he tenido.

I promise that one day, when I become a woman, my hands will return all the love you've always given me.

Mamá, cuando sientas temor, mis manos te darán consuelo.

Cuando tengas hambre, estarán ahí para darte tu alimento y servirte el agua fresca que sacie tu sed.

Mis manos serán tu abrigo en el invierno más frío.

Mom, when you feel scared, my hands will soothe you.

When you feel hungry, they will be there to feed you and to serve you fresh water to quench your thirst.

My hands will be your warmth in the coldest winter.

Papá, cuando tus pies ya se cansen, mis manos no te dejarán caer. No dejarán que te pierdas.

Te mantendrán siempre cerquita de mí y bien lejos del peligro.

Dad, when your feet get tired, my hands will not let you fall. They won't let you get lost.

They will always keep you close to me and far away from danger.

Hermanito José, hermanita María, con montones de aplausos, mis manos les recordarán que ustedes son mis campeones, que nunca se rindan.

Nuestras manos estarán siempre juntas, como las mejores amigas.

Brother José, sister María, with big rounds of applause, my hands will remind you that you are my champions, and they will never let you give up.

Our hands will always be together, like the best of friends.

Abuelita Inés, cuando te sientas sola o triste, mis manos estarán listas para sacarte a bailar, hacerte el postre más rico y convertir el día en un carnaval de risas.

Grandma Inés, when you feel lonely or sad, my hands will be ready to ask you to dance, make the yummiest dessert for you and turn the day into a carnival of laughter.

Y a ti, Abuelito Juan, en las tardes de otoño, mis manos te guiarán por el huerto. Allí, tus ojitos nublados contemplarán las hojas caídas. Mis manos te darán las gracias. ¿Sabes cómo, Abuelito? ¡Dedicándote ese nuevo y suave *ron pon pon* que le arrancarán a mi conga!

And for you, Grandpa Juan, in the autumn evenings, my hands will lead you through the garden. There, your clouded eyes will take in the fallen leaves. My hands will tell you, "Thanks!" Guess how, Grandpa? By playing a new, soft *rum pum pum* on my conga drum!

Símbolos

En el Caribe, Centro y Sur América, las rosas representan la ternura.

El árbol de caoba simboliza la fortaleza.

El roble florecido simboliza la amistad.

Los lirios blancos simbolizan la alegría.

La ceiba era uno de los árboles sagrados de las culturas taína y maya. Para los indios taínos y mayas, la ceiba representaba el árbol de la vida y la sabiduría. Los taínos y mayas creían que la ceiba era el centro del universo que sostenía el cielo.

Symbols

In the Caribbean, Central and South America, roses represent tenderness.

The mahogany tree represents strength.

The blooming oak tree represents friendship.

White lilies represent happiness.

The ceiba tree was one of the sacred trees of the Taíno and Mayan cultures. For these cultures, the ceiba tree was the tree of life and wisdom. The Taínos and Mayas believed that the ceiba tree was the center of the universe that held up the sky.

Samuel Caraballo es autor de varios libros infantiles bilingües, incluyendo *Estrellita se despide de su isla* (Piñata Books, 2002). Nació en Vieques, una hermosa islita cerca de la costa este de Puerto Rico. Pasó muchos días de su niñez jugando en las colinas del campo y recogiendo mangos y guayabas, sus frutas tropicales favoritas. Ha dedicado parte de su vida a la enseñanza del español, su primer idioma, en varias escuelas públicas de los Estados Unidos. Es un orgulloso abuelito de cuatro nietos. Vive en Virginia con su esposa y Louis, su gatito polidáctilo.

Samuel Caraballo is the author of several bilingual picture books for children, including *Estrellita Says Good-bye to Her Island* (Piñata Books, 2002). He was born in Vieques, a beautiful island located off the east coast of Puerto Rico. He spent many of his childhood days playing in the countryside hills and picking mangos and guavas, his favorite tropical fruits. He has dedicated part of his life to teaching Spanish, his native language, in several public schools in the United States. He is a proud grandfather of four. He lives in Virginia with his wife and Louis, their polydactyl cat.

Shawn Costello vive y pinta en Maryland y Downeaste Maine. Sus ilustraciones, dibujos de retratos y pinturas de panoramas siempre están sobre el caballete. Su obra figura en las revistas *Cricket* y *Spider*, y los libros que ha ilustrado son *Mommy Far, Mommy Near* (Albert Whitman & Company, 2000); *A Bus of Our Own* (Albert Whitman & Company, 2001); y *Private Joel and the Sewell Mountain Seder* (Kar-Ben Pub, 2008). Las ilustraciones de *A Bus of Our Own* fueron elegidas para la exhibición de la Feria del Libro en Bologna, Italia en el 2002. Shawn se recibió de Maryland Institute of Art con una licenciatura en arte y de Towson University con una maestría en educación en arte. Enseña arte en Howard County, Maryland.

Shawn Costello lives and paints in Maryland and Downeast Maine. Illustrations, portraiture and landscape painting are all on her easel at different times. Her work has appeared in *Cricket* and *Spider* magazines, and her illustrated books include *Mommy Far, Mommy Near* (Albert Whitman & Company, 2000); *A Bus of Our Own* (Albert Whitman & Company, 2001); and *Private Joel and the Sewell Mountain Seder* (Kar-Ben Pub, 2008). Her illustrations for *A Bus of Our Own* were chosen for exhibition at the 2002 Bologna Book Fair in Italy. Shawn graduated from the Maryland Institute of Art with a BFA and received her Master's Degree in Art Education from Towson University. She teaches art in Howard County, Maryland.